SARAI

Y LA FERIA ALREDEDOR DEL MUNDO

SARAÍ GONZÁLEZ
Y
MONICA BROWN

SCHOLASTIC INC.

Originally published in English as *Sarai and the Around the World Fair*

Translated by María Domínguez

All rights reserved. Published by Scholastic Inc., *Publishers since 1920.* SCHOLASTIC, SCHOLASTIC EN ESPAÑOL, and associated logos are trademarks and/or registered trademarks of Scholastic Inc.

The publisher does not have any control over and does not assume any responsibility for author or third-party websites or their content.

ISBN 978-1-338-33085-4

10 9 8 7 6 5 4 3   21 22 23

Printed in the U.S.A.   40

First Spanish printing 2019

Book design by Carolyn Bull

Para mis abuelos, Mamá Chila y Papá Carlos, por siempre
creer en mí y apoyar mis sueños. ¡¡Gracias!!
—SG

Para Jeff, una vez más y siempre.
—MB

ÍNDICE

INTRODUCCIÓN

✫ ♡ ✤

EL DÍA DE SATURNO

El sábado es mi día favorito. En inglés el sábado se llama "Saturday", lo que me recuerda al planeta Saturno, tan lejano, flotando en el espacio. Saturno tiene hermosos aros y es un planeta colorido, ¡como los sábados! Me gusta hacer cosas divertidas los sábados, ya sea hornear, bailar, trabajar en algún proyecto de arte, ¡o reunirme con los miembros del Club de los Primos Súper Geniales!

Porque los sábados también son para estar en familia. Mis hermanitas y yo estamos juntas los sábados, lo que no es posible durante la semana porque mi hermana Josie no va la misma escuela que Lucía y yo. Después de pasar la semana separadas, es maravilloso levantarnos y saber que podemos hacer juntas *todo* lo que queramos. Bueno, quizás no todo, porque mis padres no nos dejarían.

Los sábados son también muy sabrosos. Comienzan con un desayuno con panqueques que prepara mi papá. Y, por supuesto, ¡tocino! Me encanta escuchar el chisporroteo del tocino en la sartén y sentir su delicioso aroma en la casa todo el día. Esta mañana, mi papá me hizo un panqueque con la forma de Saturno. Josie le pidió que le hiciera uno en forma de estrella y Lucía, otro como Plutón.

—Lo que quieres es un panqueque chiquitito —le dijo mi papá.

—No importa, igual *sabré* que es Plutón —respondió Lucía.

Todos nos echamos a reír.

Hoy es sábado, mi día favorito. Y yo me pregunto, ¿qué cosa divertida ocurrirá hoy?

CAPÍTULO 1

ADIÓS, BIBI

—¡Montemos bicicleta! —dice Josie, con señas.

—¡Sí! —exclama Lucía—. Vamos a echar una carrera hasta el parque.

—Preferiría caminar —digo.

—¿Por qué, mi estrella? —pregunta Tata.

—Pensé que te encantaba montar bicicleta —dice Mamá Rosi.

Mis abuelos nos están cuidando porque mis padres salieron a celebrar su aniversario de bodas.

—Me gusta montar bicicleta. Solo que no quiero hacerlo hoy —digo—. Vayamos caminando.

—Caminar toma mucho tiempo —protesta Lucía—. ¿No prefieres echar una carrera en bici?

Suena divertido, pero el problema es que mi bicicleta ya es demasiado pequeña para mí. No puedo pedalear sin chocar las rodillas con el manubrio.

—Es que ya no puedo ir tan rápido en Bibi —confieso—. He crecido mucho.

Mi bicicleta se llama Bibi. Me la regalaron cuando cumplí seis años y, en ese entonces, pensaba que a las bicicletas se les ponía nombre.

Ahora, Josie monta en Bibi más a menudo que yo porque es del tamaño perfecto para ella.

—Has crecido mucho —dice Mamá Rosi—. Quizás necesites una bicicleta nueva.

A Lucía le regalaron una bicicleta el año pasado por su cumpleaños. Es morada, con cintas blancas y rosadas en los manubrios, y me siento un poco celosa. Sé que puedo pedir una bicicleta por mi cumpleaños el próximo año, pero falta mucho para eso y las bicicletas son caras. No me gusta pedirles cosas caras a mis padres porque a veces nuestra situación económica es un poco difícil. Mi mamá trabaja, pero mi papá se queda en casa con nosotras, lo cual es también *mucho trabajo*.

Mi papá pasa mucho tiempo manejando nuestra furgoneta, a la que llamamos "rectángulo", de un lado a otro. Todos los días, lleva a Josie a la escuela para niños sordos, que queda muy lejos. Por suerte, Tata ayuda cuidándonos a Lucía y a mí después de la escuela. Pero siempre hay cosas que pagar y no quiero que mis padres se preocupen porque quiero una bici nueva. Tengo una lata de café en la que he estado guardando mis ahorros, pero la última vez que la revisé tenía solo ocho dólares.

—No quiero una bicicleta nueva ahora mismo —miento—. Pero quizás sea el momento de decirle adiós a Bibi y regalársela a Josie.

—¿Me puedo quedar con Bibi? —pregunta mi hermanita, con señas.

—Sí —digo, usando una de las pocas palabras que sé decir en lenguaje de señas.

Entonces, ambas armamos un gran alboroto. Mi hermana salta y me abraza tan fuerte que pienso que me va a romper.

Josie me da su monopatín, se sube a Bibi y sale en dirección al parque.

Yo voy detrás, con Mamá Rosi. Tata tiene que correr para alcanzar a mis hermanas. Josie y Lucía se detienen en cada esquina y esperan por Tata para cruzar la calle. Cuando estamos llegando al parque, me animo un poco y me apuro. Pero, para ser honesta, aún me siento celosa.

Una vez en el parque, me olvido del asunto y me subo a un columpio. Me balanceo tan alto como puedo hasta que salto al suelo y, por un segundo, creo que soy Súper Saraí, ¡la chica voladora!

—Bien hecho —me grita Tata.

—Gracias —digo, y voy corriendo hasta donde están mis abuelos.

—Toma agua —dice Mamá Rosi—. Hace calor.

Tomo un sorbo de agua fría.

—Hola, Saraí.

Me volteo y veo a Cristina, mi mejor amiga de la escuela, con su mamá. Están paseando a Loba, su perrita. ¡Es tan linda!

—¡Hola, Cristina! Hola, Sra. McKay —digo, y abrazo a Cristina.

Mi amiga no me abraza porque es un poco tímida, pero sonríe.

—¿Cómo están? —pregunto.

—Muy bien —dice la Sra. McKay, y se acerca a saludar a mis abuelos.

Mis hermanas vienen corriendo a acariciar a Loba.

—Loba es un nombre demasiado feroz para una perrita tan linda —dice Lucía.

—Eso es lo que dicen todos —dice Cristina—. Pero los perros y los lobos son parientes. Pertenecen a la familia de los cánidos, junto a otros animales como los zorros y los coyotes.

Me encanta que Cristina sepa tanto. Quiere ser escritora cuando sea grande y siempre está leyendo sobre cualquier tema.

—¿Qué edad tiene Loba? —pregunta Josie.

—Este año cumplirá tres años —responde Cristina, y frunce el ceño.

—¿Qué pasa? —le pregunto.

—Este fin de semana nos vamos de viaje y Loba va a tener que quedarse en una perrera —explica Cristina.

—Pobrecita —digo.

Me encantan los perros, pero mis padres dicen que no tenemos ni el espacio ni el tiempo para atender a una mascota.

—Ojalá pudiésemos cuidarla —añado.

—¿Y por qué no? —pregunta Lucía.

—¿Qué tú crees? —digo, agachándome a acariciar a Loba.

—*¡Guau! ¡Guau! ¡Guau!*

—Opino lo mismo —le respondo a Loba.

CAPÍTULO 2

CAFÉ "LA RANA"

Esa noche, cuando mis padres vuelven a casa, los sorprendemos con un pastel que dice "Feliz aniversario a los mejores padres del mundo". Fue difícil escribir todo eso en el pastel, pero lo conseguí. Después de comer, mis abuelos se marchan, y Lucía pone música y bailamos un rato. Mi mamá siempre dice que tenemos mucha energía pero, finalmente, cuando comienza a sonar una canción lenta, no me puedo contener y bostezo.

—Llegó la hora —dice mi mamá, mirando a mi papá—. Acostaré a Josie y a Lucía mientras tú te encargas de Saraí.

Alguna gente piensa que los niños de diez años deben acostarse solos, pero a mí no me importa. Es el único momento del día en que tengo a uno de mis padres para mí sola. Además, casi siempre convenzo a mi papá de que me cuente una historia de cuando vivía en Costa Rica antes de quedarme dormida.

—¡Lista! Dame las buenas noches —le digo al meterme a la cama.

Mi papá se acerca y me da un beso en la frente.

—¿Por qué no me cuentas una historia de cuando eras niño? —le pregunto.

—Porque es muy tarde —dice mi papá.

—Una cortita —le ruego—. ¿Qué te parece la de cuando ayudabas a tus tíos a recoger café? ¿O cuando tus primos y tú cazaban zarigüeyas y armadillos en la selva? ¿O de la pastelería de abuelo?

—Te sabes todas las historias. Ya no me queda ninguna —dice mi papá, y sonríe.

—Estoy segura de que no es así. ¡Tú eres mi papá cuentacuentos!

—Hummmmmm. Ya sé. ¿Alguna vez te he contado la del Café "La Rana"?

—¡No! —digo, emocionada—. Estoy segura de que la recordaría.

—Está bien. Aquí te va —dice mi papá—. Una vez, cuando era chiquito, fuimos a la playa. Por el camino, paramos en un pueblito que nunca antes habíamos visitado. En el centro del pueblo había un café llamado Café "La Rana". Nos sentamos a comer y tu abuela, Mamá Chila, comenzó a preguntar por qué el café se llamaba así.

—¿Y por qué? —pregunto.

—Shhh —dice mi papá—. No interrumpas.

—Está bien —respondo.

—Pedimos la comida y estamos esperando a que la traigan cuando escuchamos "croa, croa" —dice mi papá.

Entonces, me echo a reír al escucharlo imitar a una rana.

—No te rías —me dice—. Tu pobre abuela, después de almorzar, fue a tomar café y una ranita aterrizó dentro de la taza. Se asustó tanto que la taza se le cayó de la mano y el café se derramó. Después vimos que había ranas en el baño del restaurante, en el estacionamiento, *¡en todas partes!*

—Ya sé por qué se llamaba Café "La Rana" —digo, riendo—. Pobre Mamá Chila.

—No te preocupes, a ella también le pareció divertido.

En ese momento, se me ocurre una idea.

—Papá, ¿podríamos tener una rana de mascota?

—De ninguna manera, Saraí —contesta mi papá.

—Pero ¿no sería genial? —digo.

—Recuerda que no tenemos ni el espacio ni el tiempo para atender una mascota —repite mi papá por milésima vez.

—¿Y si cuidamos la mascota de otra persona por un fin de semana? —pregunto.

—¿Qué quieres decir? ¿Quién necesita que le cuidemos la mascota?

—Cristina. Se va de viaje este fin de semana y necesita que alguien cuide a su perrita. Loba es pequeñita, así que no ocupará mucho espacio. Además, nuestro patio está cercado. Pensé que sería divertido.

—Es mucha responsabilidad, Saraí —dice mi papá—. Aun cuando sea por un fin de semana. A las mascotas hay que cuidarlas.

—Pero soy muy responsable —digo—. ¿Acaso no ayudo con mis hermanas, en la casa y...

—Déjame preguntarle a tu mamá.

—¡Súper! —exclamo.

—Todavía no he dicho que sí —dice mi papá—. Buenas noches, Saraí. Que tengas dulces sueños.

—Croa, croa —respondo—. Así es como las ranitas dan las buenas noches.

CAPÍTULO 3

ALREDEDOR DEL MUNDO

El lunes, al entrar en el salón de clases, noto que hay un globo terráqueo encima de la mesa de la Srta. Moro. ¡Es inmenso!

—¿Para qué es? —pregunto.

—¡Ya verás! —dice la Srta. Moro, sonriendo.

La maestra parece contenta de vernos. Cuando suena el timbre, toma la asistencia y se para al lado del globo terráqueo y lo hace girar. Los colores del globo bailan ante mis ojos.

—Tengo algo que decirles —dice la Srta. Moro—. Tendremos una Feria Alrededor del

Mundo en la Escuela Primaria Martin Luther King Jr.

—¿Y eso qué es? —pregunta Ellie.

—Es una oportunidad para que todos aprendan acerca de los diferentes países del mundo —explica la maestra—. Cada uno de ustedes seleccionará un país y hará un póster con datos y fotos de ese país. También traerán comida tradicional del país seleccionado. Colgaremos los pósteres en el gimnasio e invitaremos a todos los estudiantes de la escuela a explorar el mundo.

—¡Yo quiero Jamaica! —exclama Ellie—. Mi familia es de ahí y vamos todos los veranos.

—Lo anotaré en la lista —dice la Srta. Moro—. Pueden elegir el país de donde provenga su familia o un país del cual no sepan nada. Lo importante es que aprendamos unos de otros.

Primero me viene a la cabeza Perú, el país donde nació mi mamá. Pero luego pienso que me gustaría elegir Costa Rica, de donde son mi papá, Mamá Chila y Papi. Quiero que todos conozcan la historia de mi familia.

—¿Y si no podemos decidir qué país elegir? —pregunto.

—Entonces, les asignaré uno. Quiero que aprendan sobre la mayor cantidad de países posible —dice la Srta. Moro—. Y hay algo más que me gustaría que supieran. En nuestra escuela hay estudiantes cuyos ancestros provienen de diecisiete países distintos. Además, entre todos los estudiantes de la escuela se hablan nueve idiomas. Así que, como somos una escuela tan diversa, queremos hacer un libro de recetas de cocina de los estudiantes. ¡Cada uno podrá traer una receta familiar!

—¡Me sé un montón! —digo—. Ceviche, arroz con pollo, olla de carne...

—La maestra dijo una —advierte Valeria.

—Por favor, no se interrumpan unos a otros —dice la Srta. Moro.

—¿Puedo escoger México? —pregunta Auggie.

—Por supuesto. Pasaré una hoja para que apunten su nombre y el país que deseen. Luego, la colgaremos en el pizarrón. Deben tomar una decisión antes de que termine la semana. ¿Qué les parece si pensamos un poco antes de decidir? A ver, ¿qué cosas les gustaría aprender sobre cada país?

—¿El idioma? —pregunto.

—Muy bien. ¿Qué más?

—La bandera —dice Cristina.

—La comida —sugiere Kayla.

—La historia —dice Auggie.

—Esas son excelentes sugerencias —dice la Srta. Moro, y comienza a pasarnos unas hojas—. Quizás también quieran aprender sobre la política, el arte, la literatura y la música. Aquí tienen más información sobre el proyecto.

Me vienen tantas ideas a la cabeza. ¿Debería elegir Perú, Costa Rica o un país diferente?

—¡Adivinen qué! —le digo a mi familia durante la cena—. Nuestra escuela hará una Feria Alrededor del Mundo.

—Los de primer grado también vamos a participar —dice Lucía—. Cantaremos canciones de Kenia, Marruecos y Sudáfrica.

—Yo también quiero una en mi escuela —dice Josie, con señas.

—Se lo podríamos sugerir a tus maestros —dice mi papá.

—¿Te gusta la idea, Saraí? —pregunta mi mamá.

—Por supuesto —digo—. Pero tengo un problema. Debo elegir un país y no puedo decidir entre Costa Rica y Perú. Quiero representar mi cultura y mis tradiciones, pero tengo de ambos países.

—Así mismo —dice mi papá—. Y también eres ciudadana de Estados Unidos.

—Somos ciudadanos del mundo —dice mi mamá, y sonríe—. Comprendo que quieras celebrar todo lo que eres.

—Voy a preguntar si puedo elegir ambos —digo—. La Srta. Moro es tan buena. Seguramente me ayudará a elegir.

—Cambiando el tema —dice Lucía—. ¿Les dijo Saraí que vimos a Cristina, a su mamá y a su perrita obediente?

Trato de no sonreír, pero sé exactamente lo que trama mi hermana.

—Sí —dice mi papá.

—¿Y? ¿Podríamos cuidar a Loba este fin de semana? —pregunta Lucía.

—Cuidar a un perro no es tan sencillo, aunque sea por dos días —dice mi mamá—. Cuando era chiquita, teníamos una perrita llamada Ruthie. Un día, dejamos la puerta del jardín abierta y se escapó. Pensé que no la vería nunca más y fue el peor día de mi vida. Estaba tan triste que esa noche lloré hasta quedarme dormida.

—¡Ay, no! ¿Qué le pasó? —dice Josie, con señas.

—¿Volvió? —pregunta Lucía.

—Mi tío la encontró al otro día. Ruthie siguió a un chico a su casa. Por suerte, el papá del niño lo mencionó en la carnicería y mi tío lo escuchó. Después de eso, tuvimos mucho cuidado de cerrar siempre la puerta. Pienso que si vamos a cuidar a Loba, primero necesitan demostrar que son responsables.

—Estoy de acuerdo —dice mi papá, y le guiña un ojo a mi mamá.

"¿Qué traman estos?", pienso.

—Las niñas responsables limpian sus habitaciones, organizan sus juguetes y ayudan en la casa sin que se lo pidan —añade mi papá.

—Entonces, si limpiamos y hacemos todo lo demás, ¿podemos cuidar a Loba? —pregunta Lucía, emocionada.

Nunca había visto a Lucía tan entusiasmada.

—Me parece justo —dice mi mamá—. Cuidar a Loba es mucho trabajo. Hay que sacarla a pasear, darle de comer y cuidar que no haga travesuras.

—Y recoger su caca —dice mi papá.

—¡Seguro! —digo—. Ahora, ¿nos disculpan? Tenemos mucho que hacer.

LA GRAN DECISIÓN

Hoy toca biblioteca, así que mis compañeros y yo nos dirigimos allí después del almuerzo.

—Hola, Srta. Milligan —le digo a mi bibliotecaria favorita.

—¿Qué tal, chicas? —pregunta la Srta. Milligan, que siempre se interesa por sus estudiantes.

—Tendremos una Feria Alrededor del Mundo —dice Cristina, más alto de lo usual, y es que hasta ella se siente a gusto con la Srta. Milligan.

—Qué divertido —susurra la bibliotecaria—. ¿Y qué países seleccionaron?

—Irlanda —contesta Cristina—. Lo visité cuando me gradué de la clase de biblioteca que tomé hace un tiempo. Es maravilloso.

—Yo todavía no me he decidido —explico—. No sé si elegir Perú, donde nació mi mamá, o Costa Rica, de donde es mi papá.

—Ambos son países increíbles, así que no es una decisión sencilla —dice la Srta. Milligan—. ¿Por qué no investigas un poco antes de decidirte?

—Eso es lo que voy a hacer —digo.

Comienzo a buscar libros sobre Costa Rica y Perú. Pero, cuando termino, tengo una pila inmensa que no sé cómo voy a cargar. Llevo los libros hasta una mesa de la biblioteca y saco mi cuaderno. Hago dos columnas: una dice "Perú" y la otra, "Costa Rica". Entonces, comienzo a tomar notas.

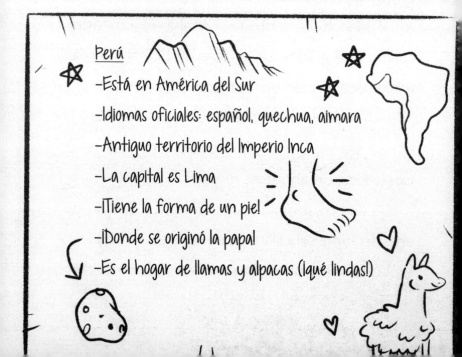

Perú
- Está en América del Sur
- Idiomas oficiales: español, quechua, aimara
- Antiguo territorio del Imperio Inca
- La capital es Lima
- ¡Tiene la forma de un pie!
- ¡Donde se originó la papa!
- Es el hogar de llamas y alpacas (¡qué lindas!)

<u>Costa Rica</u>

-Está en Centroamérica, en el continente de
América del Norte

-Idioma oficial: español

¡hola!

-Se encuentra en un istmo (buscar la definición), entre
el océano Pacífico, al oeste, y el mar Caribe, al este

-La capital es San José

-¡La cantante Chavela Vargas es de Costa
Rica!

-15 de septiembre de 1821: Día de la Independencia

-¡Es el hogar de monos aulladores y dos tipos de perezosos!

La clase de biblioteca pasa tan rápido que no logro terminar de tomar notas. Y tanto Costa Rica como Perú son tan interesantes que aún no estoy lista para tomar una decisión. Pido prestado un par de libros sobre cada país y luego voy con el resto de la clase al salón.

—¿Pudiste investigar lo que querías? —le pregunto a Cristina por el camino.

—¡Sí! —dice Cristina—. Estuve leyendo sobre los *leprechauns*. Hay tantas criaturas fantásticas en la mitología irlandesa.

—¿Cómo son los *leprechauns*? —pregunto, y sonrío, sabiendo que a Cristina le encanta hablar de cosas fantásticas.

—Son duendes, parecidos a las hadas —dice—. Son pequeñitos y se dedican a arreglar zapatos y a hacer travesuras. Si logras atrapar uno, ¡te concederá tres deseos!

—Pienso que no se debe atrapar a las hadas —digo.

—Estoy de acuerdo —dice Cristina.

Entonces, comienza a contarme sobre un monumento prehistórico de Inglaterra conocido como Stonehenge. Me parece una historia genial.

—¡Quizás algún día podamos visitarlo juntas! —digo—. Quizás también puedas venir conmigo a Costa Rica y a Perú.

—¿Y por qué conformarnos con solo tres países? —pregunta Cristina—. Deberíamos hacer un viaje alrededor del mundo.

—¡Claro! —digo—. Cuando tengamos como veinte años y seamos viejitas.

—¡Hagámoslo! —dice Cristina.

Y estoy segura de que lo conseguiremos.

CAPÍTULO 5

LA NUEVA BICICLETA VIEJA

Cuando Lucía y yo llegamos a casa de la escuela, Tata nos está esperando en el portal.

—¡Tata! ¿Podemos merendar? —pregunta Lucía—. Tengo mucha hambre.

—Yo también —digo; la comida de la cafetería no es tan buena como la de Mamá Rosi.

—Por supuesto —dice Tata—. Pero primero vengan al garaje. Tengo algo que mostrarles.

Tata se ve muy contento. Me imagino que quiere mostrarnos algún aparato que recién ha

reparado, como un radio o una máquina de escribir. Lo que más le gusta a Tata, además de reparar aparatos, es comprar cosas viejas en las ventas de garaje para repararlas.

—Esta sorpresa es para ti, Saraí —me dice.

—¿Sí? En serio? —pregunto, muerta de curiosidad.

Vamos hasta el garaje y veo un bulto tapado con una lona.

—¿Qué es? —pregunta Lucía—. ¿Lo puedo usar yo también?

—Con el tiempo —le dice Tata a Lucía—. Pero, ahora mismo, es para tu hermana. ¿Listas?

—¡Sí! —respondo, saltando emocionada.

Tata levanta la lona y entonces la veo. Es una bicicleta muy vieja. Tiene la manija del freno rota y no tiene cintas en los manubrios. Además, es de

diferentes colores, pero sobre todo sobresalen el marrón y el plateado por debajo de la pintura descascarada. Le falta la rueda delantera y la rueda trasera tiene los rayos rotos.

—Ay —dice Lucía—. Eh... quise decir: genial.

—¿Es para mí? —pregunto bajito.

—¡Sí! —responde Tata—. La compré baratísima en una venta de garaje. Pensé que te la podría arreglar. ¿Es del tamaño que quieres?

Tata está muy entusiasmado y no quiero decepcionarlo, así que me acerco a la bicicleta y sujeto el manubrio. El asiento está roto y parece incómodo, pero me siento de todas formas.

—Sí —digo—. Pero no tiene cadena.

—Tenemos que comprar una. Lo importante es que la armazón está buena y que es del tamaño que quieres. Verás que muy pronto estarás montando bicicleta de nuevo —dice Tata—. Hay que lijarla y pintarla, repararle los frenos...

—Pero eso es mucho trabajo —digo—. Podría ahorrar para comprarme una nueva.

—Verás que quedará mejor que una nueva —dice Tata—. Solo tienes que tener un poco de

POR HACER

1) ☐
2) ☐
3) ☐
4) ☐
   ☐
   ☐

visión. Cuando era jovencito, en Perú, me la pasaba arreglando cosas. Mi papá fue quien me enseñó, y ahora yo te enseñaré a ti.

—Muchas gracias, Tata —digo. No quiero la bicicleta vieja, pero tampoco quiero herir sus sentimientos—. Estoy segura de que quedará espectacular.

—Lucía, algún día tú heredarás esta bicicleta —dice Tata.

Mi hermana se queda callada, y la miro fijamente.

—Qué bien —dice, finalmente.

¿...?

—¿Quién quiere merendar? —pregunta Tata—.
Mamá Rosi hizo arroz con pollo.

—¡Yo! —exclama Lucía.

Pero a mí se me ha quitado el hambre.

CAPÍTULO 6

ALGO ES MEJOR QUE NADA

Todos los días, después de la escuela, Tata se pone a arreglar la bicicleta. Yo quiero pintarla, pero él dice que primero hay que lijarla. ¡Y le toma muchísimo tiempo! Menos mal que Loba vendrá a quedarse con nosotros este fin de semana porque, al menos, eso me sirve de consuelo.

Me parece que Tata se da cuenta de que no estoy muy entusiasmada.

—Saraí, algo es mejor que nada —me dice al segundo día de comenzar a arreglar la bicicleta.

No comprendo lo que dice en español.

—Quise decir que "algo", aun cuando no esté completo, es mejor que "nada" —aclara Tata.

Miro la bicicleta con una sola rueda, y no me puedo aguantar.

—Preferiría no tener nada a tener una bicicleta a la que le falta una rueda —le digo.

Entonces, corro a la casa, me encierro en mi habitación y me tiro a la cama. No quiero lijar una bicicleta vieja. Quiero una bicicleta nueva. Estoy tan molesta que termino quedándome dormida y, cuando me despierto, mis padres ya están en casa y Tata se ha marchado. Me siento un poco mal porque sé que mi abuelo solo está tratando de ayudarme, como siempre.

❤✦ ❤✦✩

Al día siguiente, cuando Lucía y yo regresamos de la escuela, vemos a Tata en el garaje trabajando en la bicicleta. Me ve y sonríe. Yo me le acerco y le doy un abrazo.

—Ya está —dice Tata—. No tengo que lijarla más. Ahora solo tenemos que elegir el color.

—Lo siento, Tata —le digo en español, porque sé que le encanta que le hable en su idioma, y lo abrazo más fuerte.

—Quedará bien, ya verás —dice Tata—. No te preocupes, mi estrella.

Me alegra que aún siga siendo su estrella.

—Se ve bastante bien —dice Lucía.

—Se lo dije. Les pedí que tuvieran visión, que el trabajo haría el resto.

—Visión —repito—. Creo que no tengo eso, pero lo voy a conseguir.

—Así se habla —dice Tata, y ambos nos echamos a reír.

Entonces, nos ponemos a ver las pinturas. Me encantan el rosado y el morado, pero cuando las comparo, termino eligiendo un anaranjado muy bonito. A Tata le gusta mucho también.

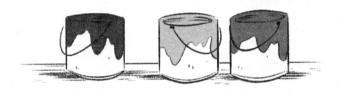

A la mañana siguiente, al llegar a la escuela, todos están hablando de la Feria Alrededor del Mundo y del libro de recetas que vamos a hacer.

—¡Voy a traer pan dulce a la feria! —dice Auggie.

—¿Qué es eso? —pregunta Cristina.

—Es un pan mexicano. Lo comemos los fines de semana con café con leche.

—¿Tus padres te dejan tomar café? —le pregunto a Auggie.

—Un poquito —contesta—. Me lo sirven con mucha leche.

—A mí me encanta el café —digo—, pero mi mamá dice que eso es lo último que necesito. Piensa que tengo demasiada energía.

—Es verdad —dice Cristina.

Y me tengo que reír.

—Ellie, ¿qué vas a traer para la feria? —pregunto.

—Quiero que todos prueben el arroz con coco y los frijoles de mi mamá —dice Ellie—. Aunque me resultó difícil escoger una receta jamaiquina, con tantas comidas ricas que tenemos. También voy a traer música. ¿Sabían que el *reggae* y el *ska* se originaron en Jamaica?

—¿En serio? —digo.

—Hablando de la Feria Alrededor del Mundo, hoy es el último día para apuntarse —dice la Srta. Moro al comenzar la clase—. Pasaré la lista nuevamente para que vean qué países han sido seleccionados. Me gustaría que tuviéramos representada la mayor cantidad posible; así que no anoten uno que ya haya sido anotado.

Cuando recibo la lista, veo que están Canadá, México, Guatemala, Vietnam, Jamaica, Colombia, China, Israel, Egipto, Kenia, Chile, Irán, Turquía y Cabo Verde. Me sorprendo al ver que Valeria escogió Perú.

—¿Desde cuándo te interesa Perú? —le pregunto, porque sé que su familia es de Brasil.

—Desde siempre —contesta Valeria—. Lo quiero visitar algún día. Tengo un primo que vive allí.

—Qué bien —digo, y le sonrío.

Pero Valeria no me devuelve la sonrisa, lo que no me importa. Me ayudó a tomar la gran decisión. Entonces, escribo "Costa Rica" en la lista de la Srta. Moro. ¡Me muero de ganas por que llegue el día de la feria!

CAPÍTULO 7

AVENTURAS CON LOBA

Entre hacer el póster para la feria y arreglar la bicicleta con Tata, la semana pasa en un abrir y cerrar de ojos. Tata y yo pintamos la bici con un atomizador de pintura anaranjada y tengo que admitir que comienza a verse muy bien. También le arreglamos la cadena y, de alguna manera, Tata le consiguió un asiento plateado con brillitos casi nuevo.

—Se ve muy bien —le digo a Tata el viernes por la tarde, después de la escuela.

—Qué bueno que te gusta —dice Tata—. Todavía necesitamos comprar la rueda delantera. Escuché hablar de una tienda de bicicletas de segunda mano en la que venden piezas sueltas.

—¡Genial! —digo, pasándole la mano por encima a mi bicicleta anaranjada—. ¡Porque estoy lista para montar!

Tata, Lucía y yo vamos a la tienda, que se llama Bicicletas Recicladas, y nos divertimos mucho. Hasta encontramos un asta pequeña con una linda bandera para fijarla en la parte trasera de la bicicleta. Está quedando espectacular y muy pronto podré montarla.

—¡Llegó el fin de semana de Loba! —tararea Lucía una y otra vez esa tarde.

Acabamos de cenar y hemos recogido la mesa y fregado los platos. Toda la familia está esperando a que Cristina y su mamá pasen a dejar a Loba camino al aeropuerto.

—¿Cuándo van a llegar? No aguanto más —dice Josie, con señas.

—¡Yo también! —digo—. ¿Se puede quedar Loba en mi habitación?

—Quiero que duerma en la mía —dice Lucía.

—Pero Cristina es mi amiga —digo.

—Bueno, pero yo fui la que convenció a mamá y a papá para que nos dejaran cuidarla —dice Lucía, poniéndose las manos en la cadera, lo cual no es una buena señal.

—Está bien —digo—. ¿Qué les parece si dormimos aquí en la sala con Loba?

—¡Sí! —dice Josie—. Hagamos una fiesta de pijamas.

—¡Una fiesta de pijamas con Loba en nuestra casa! —exclamo.

—Podemos hacer a Loba miembro honorario del Club de las Hermanas Súper Geniales —dice Lucía.

—¡Llegaron! —anuncia de pronto Josie, con señas.

Entonces, corremos a la puerta. Por supuesto, soy la primera en llegar y abro.

—¡Hola! —digo.

Cristina está cargando a Loba y no parece querer soltarla. Pero la perrita está emocionada. Cuando Cristina la pone en el suelo, corre directamente a mis brazos.

—Muchas gracias por cuidarla —les dice la Sra. McKay a mis padres.

—De nada —dice mi mamá—. Es un placer.

—He hecho una lista de cosas que deben hacer —dice Cristina, muy seria.

Me doy cuenta de que está preocupada. La Sra. McKay le da a mi papá una bolsa con la comida y los juguetes de Loba.

—Asegúrense de que la puerta de su jardín esté cerrada antes de dejarla salir porque se puede escapar —dice Cristina—. Y, cuando la saquen a pasear, no le quiten nunca la correa. También deben asegurarse de que no se esconda o mastique cosas que le puedan hacer daño.

—Puedes confiar en mí —le digo a Cristina—. La vigilaré cada segundo.

—Qué bueno —dice Cristina—. Sé que le darán mucho cariño.

Conversamos un poco más y llevamos a Loba al jardín, pero muy pronto la Sra. McKay dice que tienen que marcharse.

—¡Nos vemos el domingo! —le digo a Cristina.

Y nos pasamos el resto de la tarde jugando con Loba. Le encanta atrapar cosas y ladrar.

Esa noche, me quedo dormida abrazándola en el sofá.

Me despierto, como siempre, al salir el sol. Los rayos entran por las hendijas en la sala y me dan en los ojos. Lucía y Josie aún duermen. Todo está muy tranquilo. Demasiado tranquilo. Me levanto.

—¿Dónde está Loba? —pregunto—. ¡Loba! ¿Dónde estás?

Lucía y Josie comienzan a despertarse y a protestar. Busco por toda la sala y en la cocina, pero Loba no está por ninguna parte.

—¡Lucía! ¡Josie! ¡Loba se ha perdido! —les digo a mis hermanas.

—Eso es imposible —dice Lucía—. Antes de acostarnos, mamá y papá se aseguraron de que todas las puertas estuvieran cerradas.

—Hemos estado aquí toda la noche —digo—. No pudo haber salido.

—Bueno, yo tuve que levantarme —dice Josie, con señas—. Tenía frío y fui a buscar una manta. Pero volví enseguida.

—Me pregunto si te siguió —digo.

Vamos a la habitación de Lucía y de Josie caminando en puntillas para que nuestros padres no se despierten. Y, por supuesto, encontramos a Loba. Solo que no se parece a ella. ¡Está cubierta de pintura morada!

—¡Ay, no! —exclama Lucía—. Se puso a jugar con nuestras témperas. ¿Cómo una perrita tan chiquita pudo hacer semejante reguero?

Corro y busco toallas de papel, pero en lugar de limpiar la pintura la estoy regando aún más.

—Ay. Parece que mordió los frascos de pintura. ¿Le hará daño? —pregunto—. Cristina se pondrá furiosa conmigo. Necesitamos avisarles a mamá y a papá.

—Saraí, no te preocupes, no le hará daño —dice mi mamá, entrando a la habitación y observando el desastre.

Mi papá está parado detrás de ella.

—Parece que Loba se untó más pintura que la que consumió —dice.

—¡Qué desastre! —dice Josie, con señas.

Y estoy de acuerdo. Hay huellas moradas por todas partes.

—Esta perrita necesita un baño —dice mi papá, cargando a Loba.

Pero Loba no quiere que la carguen y se escapa y comienza a correr.

—¡Atrápala! —dice Josie.

—Lo pintará todo —digo, mientras todos corremos tras Loba.

—Para ser tan pequeñita es muy rápida —dice mi mamá.

—¡Pero yo soy más rápido! —dice mi papá, atrapando a Loba y sujetándola bien.

—Cuidado —digo—. Te estás pintando el pijama.

—Es mejor que me pinte a mí a que pinte el resto de la casa —dice mi papá, llevándose a Loba al baño—. No te preocupes, preciosa, solo te bañaré.

Escucho el agua comenzar a correr y unos ladridos. No creo que a Loba le guste bañarse.

—Voy a buscar el trapeador —dice mi mamá—. Saraí, busca una toalla y ayuda a tu papá. Lucía y Josie, ayúdenme a limpiar su habitación.

A Loba tampoco le gusta que la sequen después de bañarse. Se sacude una y otra vez hasta que mi papá y yo estamos empapados.

—Tenían razón —le digo a mi papá—. Las mascotas dan mucho trabajo.

El domingo por la noche, Cristina regresa a buscar a Loba.

—Qué limpia está. ¿Le dieron un baño? —dice en cuanto la ve.

Le cuento lo sucedido, pero no se molesta.

—¡Qué traviesa! —le dice a la perrita.

CAPÍTULO 8

LA FERIA ALREDEDOR DEL MUNDO

El día de la Feria Alrededor del Mundo es hermoso y soleado. ¡Estoy tan emocionada! Tata y Mamá Rosi han prometido ir a mi escuela para que les muestre la feria en el gimnasio, que ha sido transformado en centro de exhibición. Chicos de diferentes grados se turnan para presentar y actuar, y se escucha música de todo el mundo, mientras la gente ríe y disfruta. En el patio se pueden jugar juegos de varios países como el "Corre, corre la guaraca", de Chile, y otros más.

La feria está abierta para todo el que quiera visitarla durante el día. Ojalá mis padres pudieran venir, pero mi mamá tiene que trabajar y mi papá debe recoger a Josie en la escuela. Me paro al lado de mi póster y les hablo acerca de Costa Rica a todos los que se acercan a mirar. Les explico que mi papá nació en ese país y que vino a Estados Unidos cuando era chiquito. He traído de casa pan casero y bizcochos, como los que mi abuelo hacía en su pastelería cuando vivía en Costa Rica.

—¡Saraí!

Me volteo y veo a Mamá Rosi y a Tata.

—¡Hola! ¡Estoy tan contenta de que hayan venido! —les digo.

—Me encanta tu póster —me dice Mamá Rosi.

—Gracias. ¿No es hermosa la bandera de Costa Rica?

—Por supuesto —le escucho decir a una voz familiar.

¡Es Mamá Chila, mi abuela por parte de padre!

—Te trajimos esta sorpresa que recogimos por el camino —dice Tata, sonriendo.

Mamá Chila me abraza. Vive lejos, así que estoy segura de que Tata y Mamá Rosi tuvieron que planearlo todo muy bien para poder traerla.

—¡Mamá Chila! —exclamo—. Qué bueno que viniste.

—De ninguna manera me podía perder la presentación de mi nieta sobre Costa Rica. Y, como tú, pienso que la bandera es muy hermosa. Me encanta cómo el escudo descansa sobre la

franja roja, y cómo se ve en medio de las franjas blancas y azules.

—¿Eso que está en el escudo son montañas? —pregunta Mamá Rosi.

—Son volcanes que representan las tres cordilleras volcánicas de Costa Rica —le explico a Mamá Rosi.

—Y una estrella por cada una de las provincias del país, que espero algún día podamos visitar juntas —dice Mamá Chila, y agrega—: Me hubiese encantado que tu abuelo Papi estuviese aquí, pero tenía cita con el dentista. A ver, dime, ¿qué más sabes de mi país?

Tengo muchas cosas que decir, pero sobre todo quiero hablar de la Reserva Biológica Bosque Nuboso Monteverde.

—Las nubes cubren los árboles, como si fueran un manto, y hay tanta humedad que las plantas crecen muchísimo. ¿Sabían que hay más de dos mil especies de plantas en el bosque nuboso? —les pregunto a mis abuelos.

—Lo visitamos en una ocasión —dice Mamá Chila—. Tu papá tendría tu edad. Es muy hermoso.

Después de mostrarles mi póster a mis abuelos, paseamos por la feria y aprendemos sobre otros países. Escuchamos a Lucía cantar junto a su clase algunas canciones y aplaudimos muy fuerte. Las celebraciones continúan sin parar por toda la escuela.

Cuando finalmente llegamos a casa esa tarde, mi mamá, mi papá y Josie nos están esperando. Mi mamá sugiere que nos sentemos en el portal a tomar un vaso de chicha morada para refrescarnos.

—Me encantaría, pero debo hacer algo antes —dice Tata, y desaparece.

—¿A dónde va? —pregunta Lucía.

—Quién sabe —dice Mamá Rosi.

Pero nos olvidamos de Tata en cuanto mi mamá sale de la casa con una bandeja de vasos con chicha morada.

—¡Está deliciosa! —dice Mamá Chila.

—¡Gracias! La hice yo misma con piña, especias y el maíz morado que vende el Sr. Martínez —dice mi mamá—. Es la receta de Mamá Rosi, porque todo lo que se hace en casa queda mejor.

Nos quedamos saboreando y disfrutando la chicha morada por un rato hasta que vemos a Tata salir del garaje montando bicicleta.

—¡Yujú! —grita Tata.

¡Va en mi bicicleta nueva, que tiene dos ruedas y se ve fenomenal!

—¡Increíble! —exclamo—. ¡Qué linda!

—Y no solo eso —dice Tata, haciendo círculos con la bicicleta—. ¡Suena muy bien también!

Entonces, comienza a tocar el timbre: *¡Riiiinn! ¡Riiiinn!*

¡Mi bicicleta tiene timbre!

—Tata, ieres un genio! —grita Lucía.

—Vayamos a montar bicicleta —dice Josie,
con señas.

—Vamos —digo, saltando emocionada.

—¿Pueden los abuelos montar tan rápido?
—pregunta Lucía, mirando a Tata una vez más.

—No lo sé, ipero este abuelo sí! —dice Tata.

Entonces, me le acerco corriendo.

—¿Quieres probarla? —me pregunta Tata,
bajándose de la bicicleta.

—iClaro! —digo.

Tata me pasa mi casco rosado y me subo en
la bicicleta nueva para dar una vuelta. iEs del
tamaño perfecto!

—iAllá voy! —digo.

Comienzo a montar bicicleta por nuestra calle
con una sonrisa de oreja a oreja en el rostro. Hay
tantos lugares a los que me gustaría ir ahora

mismo, y siento que puedo ir a donde quiera y ser lo que quiera. Pedaleo bien duro y el viento me riega el pelo mientras, en mi mente, soy Súper Saraí, montando muy rápido mi bicicleta, volando, ascendiendo, hacia arriba, arriba, ¡hacia el cielo!

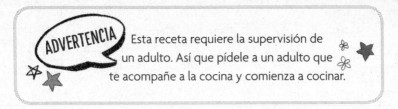

EMPANADAS

Las empanadas se comen en toda Latinoamérica y son preparadas de diversas maneras en cada país.

EMPANADAS PERUANAS DE MAMÁ ROSI

Para 6 personas

Nota: El ingrediente fundamental de esta receta es la pasta de ají panca . El ají panca es de Perú, pero se puede encontrar en la mayoría de los supermercados hispanos.

¡Asegúrate de revisar la lista de ingredientes para evitar productos que produzcan alergias!

INGREDIENTES

1 lb. de harina para hornear

2 cucharaditas de sal, divididas

1 barra de mantequilla (4 oz.)

1/3 de taza de aceite vegetal, dividido

1 lb. de solomillo o lomo de res, cortado en trocitos

1 cucharadita de pasta de ají panca

1 cebolla mediana, pelada y cortada

2 dientes de ajo, pelados y cortados

1 cucharadita de comino molido

1 cucharadita de pimentón molido

1 tomate, cortado en cuadritos

½ cucharadita de pimienta negra molida

1 huevo hervido, pelado y cortado en 8 rebanadas

½ taza de aceitunas

½ taza de pasas

1 huevo fresco

½ taza de agua fría

INSTRUCCIONES

PASO UNO

Mezcla la harina y una cucharadita de sal en un cuenco. Añade la mantequilla. Revuélvelo todo.

PASO DOS

Mientras amasas la masa, añade ½ taza de agua fría poco a poco hasta que la masa deje de adherirse a tus manos.

PASO TRES

Envuelve la masa en papel transparente o ponla en una bolsa plástica en el refrigerador por 20 minutos.

PASO CUATRO

Calienta la mitad del aceite en una sartén a fuego mediano. Agrega la carne de res y cocínala, revolviéndola a menudo, por 15 minutos. Pásala a un cuenco.

PASO CINCO

En la misma sartén, calienta el aceite restante a fuego mediano; añade la pasta de ají panca, la cebolla, el ajo, el comino, el pimentón y, por último, el tomate. Revuélvelo todo hasta que la cebolla comience a ablandarse, alrededor de 8 minutos.

PASO SEIS

Devuelve la carne de res a la sartén y añade la sal y la pimienta restante. Revuélvelo todo, apaga el fuego y deja reposar.

PASO SIETE

Precalienta el horno a 350°F. Toma la masa y, con la ayuda de un rodillo, amásala sobre una superficie cubierta ligeramente con harina hasta que quede de una pulgada de grosor.

PASO OCHO

Con un molde de hacer galletas, haz círculos de cuatro pulgadas de ancho en la masa. En el centro de cada círculo coloca una cucharada de la mezcla de carne. Añade una rodaja de huevo hervido, una aceituna y dos pasas.

PASO NUEVE

Cierra las empanadas. Sella los bordes presionándolos con un tenedor. Colócalas sobre papel encerado.

PASO DIEZ

En un cuenco pequeño, bate el huevo con un poco de agua y úntaselo a las empanadas. Hornea las empanadas por 20 minutos hasta que se doren.

¡BUEN PROVECHO!

AVENTURAS GENIALES
DE SARAÍ